出版：香港地方故事社有限公司
　　　悅文堂

地址：香港柴灣康民街 2 號康民工業中心 1404 室
電話：(852) 3105-0332
電郵：HKLSOCO@gmail.com

發行：香港聯合書刊物流有限公司
地址：香港新界大埔汀麗路 36 號中華商務印刷大廈 3 字樓
電話：(852) 2150-2100
網址：http://www.suplogistics.com.hk

印刷：大一數碼印刷有限公司
電郵：sales@elite.com.hk
網址：http://www.elite.com.hk

圖書分類：兒童讀物 / 繪本 / 香港地方誌
初版日期：2020 年 7 月
ISBN：9789887436317
定價：港幣 120 元 / 新台幣 530 元

兒童地方誌

觀塘篇

序

　　說到觀塘，早於北宋年間已經是經濟重地，史載當時觀塘一帶被劃為官方的鹽場，由專職的鹽官管理，名為「官富場」，此名稱亦斷續沿用至清朝。及至殖民地時代，英國政府又與當地石商購買花崗石，刊憲予其「頭人」承租四山的權利，供應開埠早年的官政建築石材。到了現代，觀塘已發展為工商業的重要市鎮，由第一個新市鎮的工業發展至起動九龍東規劃、政府第二行政中心，引證了一個事實：觀塘一直是本地政經活動的重要地域。

　　通過《兒童地方誌》觀塘篇，及早讓孩子們了解地方歷史，以圖文並茂、深入淺出的導讀，使孩子認識今日觀塘風貌的發展由來，鑑古知今，有助孩子建立歷史觀念，知道當下的豐饒富足是因為多年多代的前人辛苦建立得來。家長與孩子一同閱讀，也可以一同揭開觀塘之美，重新認識社區，與社區建立更深的感情。

　　《兒童地方誌》雖名為「誌」但力追時代資訊，踏足觀塘新舊街道、村落採風，非常用心。翻畢全書，讀者將清楚了解觀塘迎接未來再發展的機遇和挑戰，實是一部通識及歷史有益讀物。

徐海山
觀塘區議員及賽馬會鯉魚門創意館管理委員會主席

序

　　兒童讀物必須做到內容健康準確，及樹立正確的價值觀。此外，也必須用兒童能讀懂的語言文字編寫，並加插有趣的插圖及排版，方可吸引兒童閱讀，及讓他們投入其中。

　　高質素的兒童讀物不常有，像社區發展這樣偏門的題材更少。為香港每個地區作深入探討寫成優質的兒童讀物，幾乎沒有見過。

　　今天我們生活的種種便利和成就，都是前人辛苦努力和成果。讓下一代了解自己的「家」的歷史演變，才能讓他們明白每一代人的努力如何造福下代，學會愛惜所有，一同愛這個家，一起去建設。

　　感謝香港地方故事社和悅文堂，深入及準確地搜集相關資訊，並編寫成內容生動有趣的兒童讀本。除了地方小知識，每處地方又都加入了 STEM 小常識，做到「文、理」並重。歷史和科學，都是從生活中來，到生活中去的知識。除作為日常消閒閱讀的好材料外，也可以作為常識科的必讀書，讓學生增長視野及加強知識之間的連結。

　　樂見香港有更多高質素的兒童讀物！

徐區懿華
觀塘區直資小學校長
資深教育工作者

序

　　「觀塘」前稱「官塘」是本港首座衛星城市。它地大物博，工廠區林立，人口稠密，是一個活躍及生氣不息的社區。

　　在七十至八十年代，本人曾參與該區的公益活動，而最具本人懷緬的一項活動為「官塘區舞蹈公開比賽」籌備工作委員會之委員，由於工作需要，我們常與區內的中、小、幼及地區團體經常保持聯絡及商談有關比賽的詳情。當時深得各參與比賽的學校及社團大力支持及合作，裨使活動取得裴然成績，此項比賽項目直至今天已成為「全港性公開舞蹈比賽」項目，因此在這段時間，我和「官塘」區結上一個緣及愛上「它‧官塘」。

　　「觀塘」還有多方面的成就，但曾有天災人禍事件，幸得政府和市民高度合作，裨使將所有災難都迎刃而解。

　　本人期望「觀塘」兒童地方誌能將「過去」、「現在」及「將來」都能詳盡記載，讓我們及下一代都能深入認識這個繁榮多采多姿的社區。

林雪梅校監
香港幼稚園協會會長

編輯序

　　編寫地方誌是中華民族源遠流長的文化傳統，地方誌全面記載地方上人文、社會、地理、人物等狀況，內容包羅萬有，可說是人們了解地方的百科全書。

　　我們與幾位志同道合的教育界朋友，有見很多香港兒童不認識本土歷史，因此創立「香港地方故事社」社企，希望透過繪本形式編寫十八區兒童地方誌，向兒童更生動有趣地介紹地區的歷史故事和科學知識。鼓勵小朋友從自己的社區開始認識香港，從認識到認同，從認同到熱愛香港，為我們的社區建設出一分力量。

　　十八區兒童地方誌內容多元，包括：遊戲、STEM 課程、社區導賞等，我們為兒童創設各種學習經歷，家長、老師可與小朋友一起拿著繪本，走進社區，邊走邊學，親身感受熟悉的社區生活，回顧陌生的社區歷史。我們深信，社區的小故事會啟發愈來愈多兒童對歷史和社區的熱愛，也對他們未來學習，成長，培養社會責任感有莫大裨益。

最後，感謝所有參與製作、幫忙校對和給予專業意見的朋友和義工們。大家的共同努力，兒童地方誌才能順利「出世」！

香港地方故事社

歷史是什麼：是過去傳到將來的回聲，是將來對過去的反映。

——雨果

起動九龍東

起動九龍東

觀塘工業區發展

茶果嶺

目錄

鯉魚門

3 九龍麵粉廠

4 鱷魚恤大廈

2 南洋紗廠舊址

觀塘站

1 駱駝漆大廈

觀塘
工業區
發展

1

2

3

4

觀塘工業區發展
製鹽業

觀塘風物誌

由於北宋至清初時期觀塘一帶是官方鹽場，鹽場被命名為「官富場」，所以有居民稱為「官塘」即官富鹽塘的意思。

官富場

「觀塘」還是「官塘」？

在 1953 年，港英政府因配合該區發展和迎合市民的意願，而易名為「觀塘」。

「官富場」沿海，所產的鹽主要為海鹽。直至 1669 年，因新遷居的農民不再從事製鹽工作，令製鹽業漸日益式微，之後觀塘都一直被稱為「官塘」。

鹽的製作過程

STEM 小常識

1

在海邊開闢鹽田，並築起堤防，待潮漲時把海水引進鹽田。

2

用太陽熱力和風力將海水慢慢蒸發。

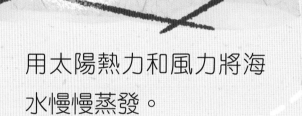

3

海水內鹽份蒸發後結晶成鹽。

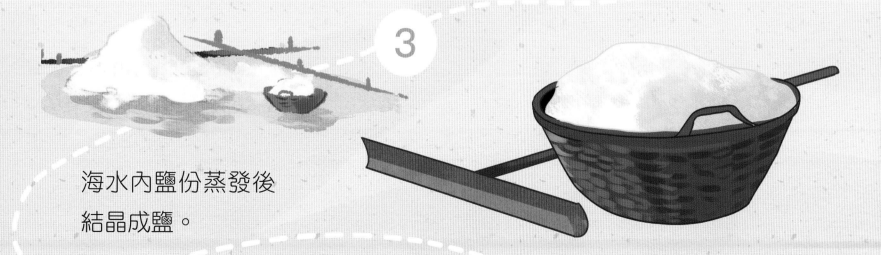

工業區
發展振翅起飛

觀塘區的兩大地理優勢

1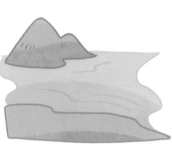

沿海地區
容易以填海形式開闢大量新的土地。

2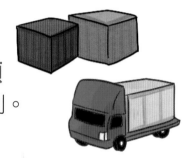

鄰近貨倉和碼頭
運輸貨物時更便利。

1950 年代的觀塘工業區

（網絡照片）

政府從 1950 年代起從觀塘東部展開大規模填海，將所得土地發展為工業區，大量工廠大廈相繼落成。政府亦進一步改善一些基本設備。

自來水　　電力供應　　電話通訊　　道路 / 鐵路

在 1948-49 年間，因中國政府政治問題，導致大量人材、資金和器材湧入香港，並在觀塘設廠營運。

1960 年代的觀塘工業區（政府新聞處）

1960 年代的觀塘工業區（網絡照片）

1960 年代落成的和樂邨（網絡照片）

而且隨著不少公共屋邨在觀塘落成，觀塘區附近的大型屋邨，為工業區提供了大量的勞動力。

在觀塘的工廠多以輕工業，例如：紗廠、電器廠和塑膠廠等為主。隨著中國政府政治問題惡化等因素，電子廠等依靠高技術生產的產業也開始發展起來。

觀塘 1963 年開源道（網絡照片）

工業區發展蓬勃 全式發

道路建設和地鐵觀塘線在 1979 年通車，加快觀塘工業區的發展。

1960 年代婦女穿膠花

1960 年代輕工業製品（網絡照片）

區內有製衣、電子、塑膠等不同類型的工廠，塑膠業曾經是香港製造業的支柱行業之一，塑膠廠生產膠花、塑膠袋和假髮等。家庭式工業在 1970 年代非常普遍，不少家庭主婦都會在家中設置衣車來接工作。

1970 至 1980 年代中是工業區發展最高峰時期。

全港工業就業人數

觀塘工業人數
11 萬 6 千人佔全港工業就業人數三分之一

工廠數目

1970	1985
700	7000

!?

著名的廠商包括南洋紗廠、駱駝漆、鱷魚恤、九龍麵粉廠等，不少廠商會與本地、中國內地甚至海外的商戶進行交易。工業區的蓬勃發展為香港經濟帶來不少貢獻，成為香港經濟的一大支柱。

龍粉麵廠

在 1980 年代後期，隨著香港更嚴格的勞工法例、工人學歷的提高及地價的急速上升導致香港的製造業逐漸式微。而且中國內地推行「改革開放」，吸引不少香港廠商北上設廠，導致大量工廠空置，所以許多產品由「香港製造」(Made in Hong Kong) 變為「中國製造」(Made in China)。

為什麼「香港製造」的物品「買少見少」？

部分工業區被改建或拆卸重建成為商業大廈、商場並住宅，其中例子為淘大花園。工業區慢慢轉型成商貿區。

淘大花園

現時的觀塘商貿區內一景（網絡照片）

由於香港的垃圾量有增無減，堆填區開始不勝負荷，環境保護署在 2000 年引入三色回收箱。

STEM 小常識

塑膠可以被分類為七大種類，代表不同的塑膠材料。現時香港有不少塑膠回收點，讓市民可以把塑膠製成品回收。回收後的塑膠製成品會經過處理，製成膠片或膠粒原材料，讓塑膠一直循環回收再用。

| 1 PETE | 2 HDPE | 3 V | 4 LDPE |

| 5 HDPE | 6 PS | 7 OTHER |

我們一般都能在塑膠的器皿上找到塑膠回收標籤，以方便分辨該塑膠製成品可否作回收。

藍廢紙、黃鋁罐、啡膠樽

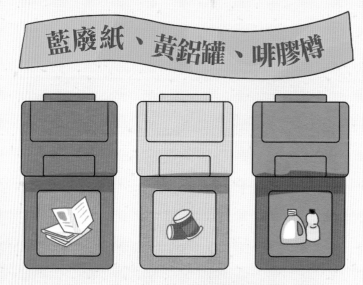

減少使用
物盡其用
循環再造

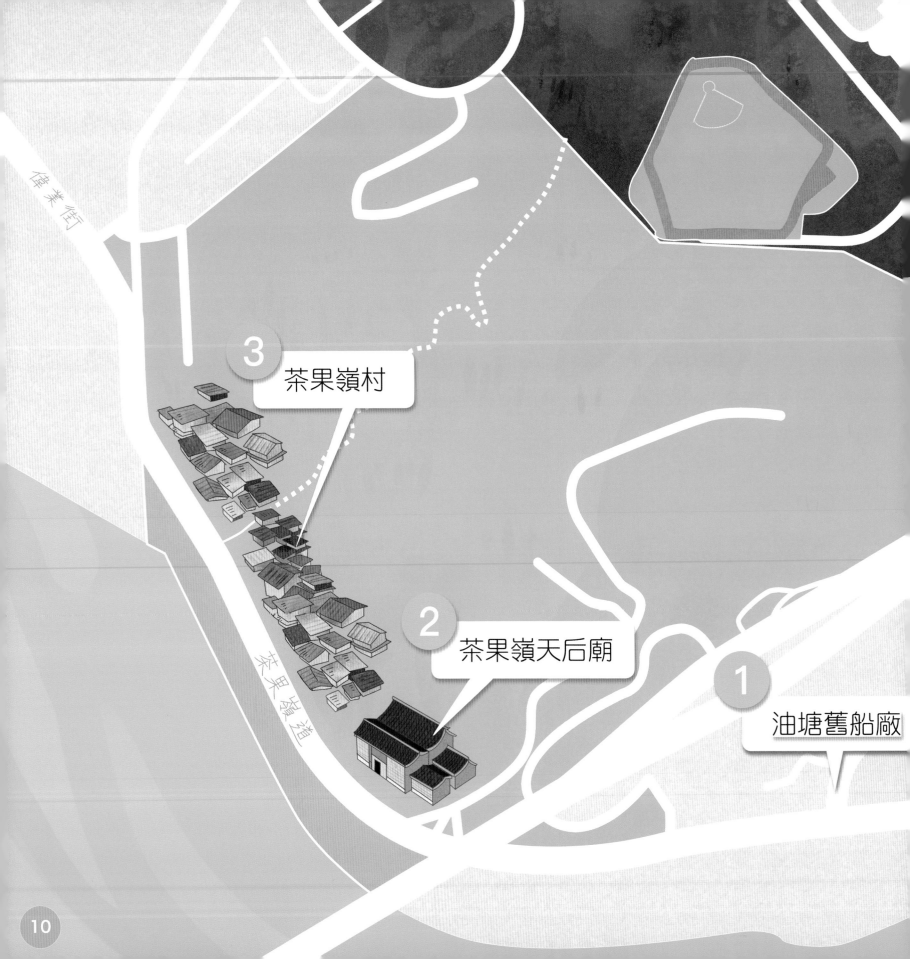

3 茶果嶺村

2 茶果嶺天后廟

1 油塘舊船廠

茶果嶺

1

2

3

茶果嶺 的工業

在清朝末期，觀塘區的管轄中心位於今日的茶果嶺，造船業亦曾在茶果嶺風光一時。

油塘舊船廠遺址（網絡照片）

油塘舊船廠遺址（網絡照片）

在 1960 年代，多間造船廠陸續興建廠房。當時多間造船廠的造船技術高，更有能力建造比較大型的船隻，例如海上鑽井平台，沿海貨輪、供油輪等。

很可惜的是在 1980 年代開始，因為中國的工業急速發展和香港製船成本上升，導致造船廠房紛紛結業。

小知識

對於茶果嶺的命名，亦有流傳不同說法，全是圍繞著可食用的茶果。有人指茶果嶺遍佈可以製造茶果的樹，當地居民大多為客家人，茶果是他們的傳統糕果，所以在大時大節都會製造茶果招呼親友。又有人指與其地形有關，在茶果嶺後方有一個小山丘的地形呈半圓形，與蒸好的茶果相似，因而得名。

香港傳統的造木船工序

 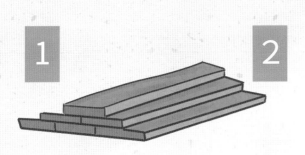 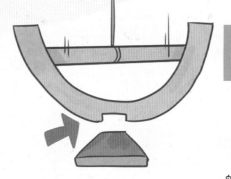 

香港早期船廠所製造的船隻大多是由人手打造出來，材料多數以木材為主。

1

首先會利用電鋸把原條樹幹，鋸成厚度大小相同的巨型木柱。

2

先揀選最堅實的木條來製成船脊，再利用其他木條鋸成多條半曲型，並以入榫的方式製成船身的骨架。

3

船身完成後，在骨架外封上厚木塊，工人會利用膠水填滿木板之間微細的縫隙或把螺絲鑽入船身以鞏固木板在船骨上，然後用木塞套在外面，以免螺絲外露。

4

同時，船體會塗上防水油漆，以保護船體長期與海水接觸而受潮。

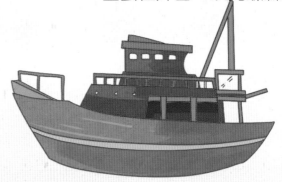

5

船體完成後便會安裝船的其他組件，例如：船舵、發電機、排水水泵、動力裝置、甲板、控制室等...無論是一口釘，或是一塊木，都是全用人手製作。

1970 年代的觀塘工業區（左下為茶果嶺油庫）

另一大型公司亞細亞火油公司（蜆殼公司前身）亦在 1974 年於茶果嶺設儲油庫，並招聘茶果嶺的村民在油庫工作。隨著蜆殼公司的業務發展，此儲油庫在 1980 年代被拆卸重建成現今的麗港城，麗港城是觀塘區一個大型的臨海私人屋苑。

STEM 小常識

茶果嶺

茶果嶺天后廟，用作供奉天后，舊址於觀塘灣畔（即現今麗海城一帶）。

1821 - 1891

在 1821 年至 1850 年建成，並曾於 1891 年重修。

1911 - 1941

在 1911-1912 年間，天后廟曾被颶風摧毀，之後的 30 年天后廟就一直沒有被重修，直至在 1941 年居民自發集資修建舊廟。

1947 - 1949

1947 年，因要配合亞細亞火油公司的儲油庫的建造，舊廟被拆毀並於現址重建，重建的石材部份是原有廟宇所用的石材，並於 1949 年完工。

茶果嶺
天后廟

為什麼現時的天后廟已不在岸邊？

當時茶果嶺位置近海，村民都供奉天后娘娘，該廟一直香火鼎盛。每逢農曆三月廿三日，居民都會舉辦不同活動慶祝天后誕，當中包括花炮會、醒獅、舞龍、舞麒麟、神功戲等，祈求風調雨順，諸事順境。

茶果嶺天后宮（林意生 攝）

因為多番的填海工程，天后廟所在之處已變成內陸地區。

當天最令人矚目的活動必定為飄色巡遊，巡遊隊伍會穿梭茶果嶺不同的地方，最後以天后廟作終點，場面非常熱鬧。前來祝誕的人士已不再限於茶果嶺的居民，亦有來自其他區的人士和遊客。你會不會想去參加湊湊熱鬧呢？

天后誕（高仲明攝）

天后誕
（網絡照片）

茶果嶺村

位於油塘與藍田之間和臨近海邊的茶果嶺村，在1940-50年代是一處荒蕪的郊外地帶。直至不同工業在茶果嶺出現，人口漸漸增加。在茶果嶺大街上，村民陸續開設食肆、士多、雜貨鋪、米業等商鋪。但因為村內娛樂活動欠奉和最近的警察局在九龍城，所以助長了賭博行業在茶果嶺迅速發展。

當時的警察如要搗破非法聚賭，只能翻山越嶺，或者透過海路前往。因為附近的道路都是難行的泥路，賭徒要「甩身」可為十分容易。地下賭檔遍佈茶果嶺村，令當時茶果嶺有「小澳門」的稱號。非法賭博活動是犯法的，而我們未成年也不能參與任何賭博活動啊！

茶果嶺村所搭建的建築物都是用鋅鐵及水泥建成的，屋頂上是交纏的電線。村民的居住環境較差，因為政府不批准在屋內安裝糞渠，所以寮屋內沒有廁所，村民到村內公廁「解決」。你能接受自己家中沒有廁所嗎？另外，屋頂的天花部份大多都是用鐵皮造，在烈日下會特別炎熱。

茶果嶺村（林意生攝）

鐵皮屋頂吸熱之謎 STEM 小常識

鐵皮屋是香港早期基層市民為了生活依山而自行搭建的房屋。

主要的材料：

鋅鐵板

不鏽鋼板

鐵皮屋成本便宜工序簡單。先用木板圍上作基本穩固，然後利用四塊鐵板作四面牆，再蓋上鐵板成屋頂便完成，能夠即起即住。

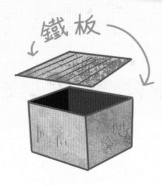
鐵板

「鐵」本身是一種良好的導熱體，在陽光的照射下，鐵皮屋就會容易受熱，加上整塊鐵皮屋頂的鐵板面積直接吸收太陽的熱力，使熱力以熱傳導的方式由屋外傳到屋內。

1 在天氣炎熱時，在鐵皮屋內就會變成焗爐般的酷熱。

2 「鐵」亦是一種能夠導電的金屬，在打雷的時候，會容易被雷電擊中，造成危險！

3 當「鐵」遇到水或空氣中的水分時，亦會產生氧化作用，使鐵變得容易生鏽，影響居住環境的衛生。

最令人擔心的是鐵皮屋容易發生火警，一旦發生火警，容易造成傷亡。此外，颱風期間亦容易發生意外，建築物或會因抵擋不了強風，突然塌下。

你害怕之後再會發生這些意外嗎？

由於地權的問題，現時茶果嶺村的房屋及建築物仍維持初建的樣貌。今日的茶果嶺村內多間商店已結業，不少村民亦已搬離，村內顯得冷冷清清。

近年，* 政府有意清拆茶果嶺村的寮屋，並將進行研究，或可能發展成住宅項目。

你希望政府保留鐵皮屋作為「保育項目」還是重建新發展呢？

17

* 行政長官 2019 年施政報告內房屋及土地供應政策規劃收回位於市區的茶果嶺村並發展公營房屋及「首置」。

1 魔鬼山炮台

2 鯉魚門創意館

3 石礦場遺址

鯉魚門

1

2

3

鯉魚門

魔鬼山

「魔鬼」山的魔鬼其實是指海盜。

📍 此山位於九龍油塘與新界調景嶺之間。

魔鬼山地勢險要，又在清朝時期被海盜佔據，惡魔是指海盜，所以村民稱此山為「惡魔山」，後來根據英文名稱更改為「魔鬼山」。

高度（海拔）

222 米

在 1898 年，因為魔鬼山為把守維多利亞港之東面入口，所以便興建一系列的軍事設施來保護香港，如炮台、碉堡、彈藥庫及煤倉等。堡壘內配備大炮，附近修築多座炮台，射程完全覆蓋整個鯉魚門水道。

1915 年的鯉魚門（網絡照片）

炮台在日本入侵香港期間擔當著保衛香港的重要角色，但最後這些軍事設施均無用武之地。之後炮台及碉堡遺址都一直被荒廢，導致不少地方被破壞或非法改建。幸運的是觀塘區議會於 2000 年代開始為遺蹟進行了改善工程。

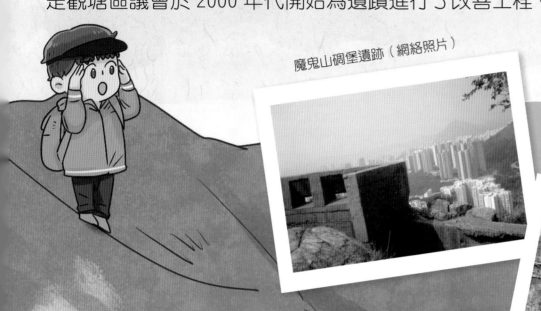

魔鬼山碉堡遺跡（網絡照片）

炮台內部遺跡（龍週）

現存的魔鬼山炮台共分為三個部分：砵典乍炮台、歌賦炮台和碉堡，我們現在仍可以在山中找到這些遺跡。

砵典乍炮台　　歌賦炮台　　棱堡

魔鬼山炮台（網絡照片）

魔鬼山炮台（網絡照片）

魔鬼山炮台（網絡照片）

鯉魚門與陶瓷業

小知識

坊間流傳不少對於鯉魚門命名的說法，這些說法都跟鯉魚有關的！有人指古時的九龍灣水道（即現今的維多利亞港東面）與鯉魚門水道相併起來時就好像一條肥大的鯉魚，海峽最窄處就是魚咀。有人就指鯉魚門水道岸邊石群眾多，當海浪擊石時，就如鯉魚從水中帶浪躍起。但哪個說法屬實，有待繼續考證。

而鯉魚門是位於魔鬼山及酒灣一帶，現時鯉魚門以海鮮聞名，區內海鮮菜館林立。不過以前石礦業及陶瓷業在鯉魚門卻盛極一時。在 1950 年代開始，有人在鯉魚門開設陶瓷廠，要說到最具規模的陶瓷工廠，一定是「萬機陶瓷廠」。

是因為有鯉魚才叫「鯉魚門」嗎？

萬機陶瓷廠出品的有仿宋、明和清朝的青花瓷、青釉等陶瓷工藝品，不少本地和外地客戶都會找萬機陶瓷廠訂造陶瓷工藝品。陶瓷廠的工人有本地人和來自中國內地的技工，陶瓷廠生意最興旺的時期有 40 多位工人在廠內工作。

（網絡照

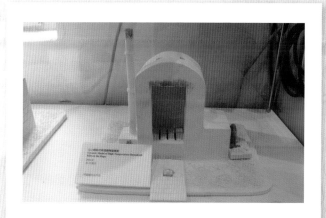

其後生意經過多人接手和本地陶瓷業持續萎縮後，在 1996 年正式結業，大型的陶瓷廠亦不曾在香港出現。現時該廠的遺跡亦被保留，包括窯爐、石油氣窯爐、廠房房基等。

鯉魚門

STEM 小常識

陶瓷工藝品的製作

初期的陶瓷製作

初期陶瓷工藝品多以人手製造。

練泥、人手灌漿和塑形、手壓坯成型等。

而窯爐方面，初期使用柴窯燒製。

塑形（網絡照片）

柴窯（網絡照片）

後期的陶瓷製作

從 1979 年開始練泥、人手灌漿和塑形等步驟已由機械代序，使用真空練泥機練泥、車坯機（或稱成型機）製造石膏生產模等。柴窯轉用石油氣窯爐，令運作的時間更長，更能保持品質上的穩定性。

車坯機（網絡照片）

真空練泥機（網絡照片）

鯉魚門創意館前身是鯉魚門的海濱學校，學校創立於 1946 年，之後在 2008 年停辦。

學校現時被活化成鯉魚門創意館並於 2011 年正式向公眾開放，學校原有結構被完整保留。館內設有校史廊放了不少學校文物用作介紹學校歷史，又有介紹鯉魚門村歷史及石礦業發展的展區，以及舉行各種藝術展覽的展示。

（鯉魚門創意館提供）

海濱學校舊照（網絡照片）

天后廟
Tin Hau Temple

鯉魚門觀景點
Lei Yue Mun Viewing Point

賽馬會鯉魚門創意館
Jockey Club Lei Yue Mun Plus

海鮮檔及海鮮酒家
Seafood Stall and restaurant

鯉魚門海傍道
Lei Yue Mun Praya Road

九龍社團聯會社會服務基金
Kowloon Federation of Associations (Community Services) Foundation
賽馬會鯉魚門創意館
JOCKEY CLUB LEI YUE MUN PLUS

鯉魚門創意館綜合推廣保育、文化和藝術於一身，館方一直舉辦不同活動以在社區推廣這三方面，如鯉魚門遊蹤、石頭彩繪工作坊等。

（鯉魚門創意館提供）

（鯉魚門創意館提供）

館方會舉辦「陶瓷坯工作坊」，讓公眾學習製作陶瓷工藝品，延續陶瓷業在鯉魚門的歷史，你也可以參加並嘗試製造陶瓷工藝品。

www.jclymplus.org

鯉魚門創意館

鯉魚門與石礦業

鯉魚門的石礦場以盛產優質花崗石為名。香港開埠初期,建築用的石材需求大增,所以石商開始大規模採石。花崗石從石礦場打出來並經過加工後,變成建築的石材,供應本地市場和出口外國。

鯉魚門石礦場靠近海邊,沿岸設立不少碼頭,方便搬運石材上船並以水路運送石材。一些廣為熟悉的建築如石板街、舊中銀大廈等,大部份建築材料就是來自此石礦場。

鯉魚門石礦場遺址(網絡照片)

1 在 20 世紀時，石礦業的發展非常蓬勃，石工的薪金比一般行業的高幾倍。

2 直至 1930 年代，石礦業亦由以人手採石，改為使用火藥爆破採石，因而所需的石工大減。

3 在 1950 年代，鯉魚門仍有四間以生產石碎為主的石廠，以碎石機把壓碎的石碎按大小分開，再根據買家的需要來出售。

4 直至 1960 年代發生暴動後政府實施火藥管制，對十分依賴火藥的石礦業打擊巨大。火藥管制導致石礦業日漸式微，礦石場相繼關閉，幸好昔日用作維修和放置工具的石屋仍然被保留。

鯉魚門

STEM 小常識

早期與後期的採石過程

早期
用大頭錘及鑿子劃定石材大小或鑽機用以鑽鑿石孔來採石。

（網絡照片）

後期
用機器在岩石打入深數十呎的洞，塞入炸藥後引爆，將岩石炸開成較大的碎塊，再以人手按所需尺寸打製成石材。

（網絡照片）

1 《起動九龍東》計劃

2 觀塘市中心重建項目

4 香港兒童醫院

3 啟德跑道公園

起動
九龍東

九龍東現在所面對的問題

防火設施嚴重不足的舊工業大廈

不少工業大廈樓齡都超過 40 年,有些大廈的消防設施嚴重不足,容易發生火警之餘又可能阻礙市民逃生,危害生命!

觀塘的舊式工業大廈(彭子文 攝)

小資訊

九龍東泛指黃大仙區和觀塘區,觀塘區主要包括觀塘、九龍灣和牛頭角一帶。

交通問題

九龍東區內的道路規劃跟不上時代的發展。觀塘工業區轉型為觀塘商貿區亦令汽車流量增加，導致多條主要公路都經常出現嚴重交通擠塞的情況，繁忙時間情況就更惡劣。

行人路本身狹窄，又因為行人天橋數目不多和道路上常有貨車上落貨物，導致人車爭路的情況經常發生，種種原因令到當區容易發生意外。

尔會喜歡居住在空氣污染嚴重的地區嗎？

空氣污染嚴重

九龍東空氣污染問題嚴重，直接影響居民的生活質素。道路上汽車流量增加和交通經常擠塞。汽車所排放的二氧化碳，造成空氣污染。而區內密集的工業大廈，阻礙空氣流通，更加劇空氣污染。

有見及此，政府在 2011 年宣佈會將發展《起動東九龍》計劃。在 2017 年，將計劃延伸至新蒲崗，推動更多元化的發展。

起動九龍東：https://www.ekeo.gov.hk/

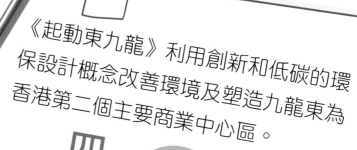

《起動東九龍》利用創新和低碳的環保設計概念改善環境及塑造九龍東為香港第二個主要商業中心區。

什麼是智慧城市？

智慧城市是一個利用各種資訊科技或創新意念以提高城市管理成效、改善生活質素和增強經濟競爭力。政府正致力發展九龍東成為智慧城市試點。

四大主題

連繫

品牌

設計

多元化

智慧人流管理系統
（政府新聞處）

STEM 小常識

政府探討了多種智慧城市技術，包括以「我的九龍東」手機應用程式、多功能路燈、實時道路工程資訊等。

86（油塘）

R線（牛頭角站）

渡輪（8:30~20:30）

請下載 My Kowloon East

觀塘商貿區的
行人環境改善計劃
（政府新聞處）

反轉天橋底行動（政府新聞處）

擴闊行人路、行人過路處和路口、改善社區設施工程等多項項目已落實和落成。而多幢商業大廈或寫字樓都被評為綠色建築，減少污染並有助改善環境。

以上措施都期望在未來 10 年時間內有效地改善九龍東的整體環境，協助九龍東發展為香港第二個具吸引力的核心商業區。

零碳天地（政府新聞處）

你期望 10 年後的九龍東區會變成怎樣？

駿業街遊樂場（政府新聞處）

觀塘市中心重建項目

「觀塘市中心重建項目」亦稱為觀塘市中心計劃。這是《起動九龍東》計劃之一部分，亦是香港史上最大規模的市區重建項目。

觀塘市中心泛指觀塘裕民坊一帶，佔地約 **53,500** 平方米。

裕民坊一帶一直都是觀塘的市中心，不少銀行在此開立分行，多間戲院、食肆和流動小販亦能夠在裕民坊找到，其繁忙程度絕不比尖沙咀和旺角遜色。

1970 年代裕民坊
與輔仁街的交界
（網絡照片）

昔日的銀都戲院（網絡照片）

裕民坊亦是昔日工人的熱門娛樂場所，工人下班後會在食肆聚會，又會在戲院看戲，或者到地攤閒逛購物。你覺得與我們現在的娛樂活動有不同嗎？但裕民坊一帶開始追不上時代的發展，所以政府決定重建觀塘區。

觀塘市中心重建項目分為 5 期發展，有望 2026 年全部完工。重建完成後，此地區會發展成集住宅、酒店、商業、休閒設施、政府合署、社區中心及交通交匯處為一體的地標。

1

已被發展成為住宅項目和多項政府設施，工程已於 2014 年 7 月完工。

2、3

將會被發展為住宅及商貿項目和公共設施，預計於 2021 年完工。

4、5

將會被發展為商業用途為主，包括興建一幢辦公室及酒店大廈和商場，預計於 2026 年完工。

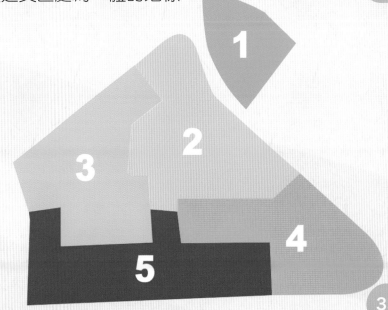

啟德發展計劃 ✓

啟德發展計劃亦屬於《起動九龍東》計劃的一部分。啟德發展計劃範圍包括前啟德機場用地,以及九龍城、黃大仙和觀塘一帶。

計劃將土地發展為括:

- 商業
- 住宅
- 政府
- 機構或社區
- 休憩及基礎建設用途

啟德發展計劃分階段進行,並在各方面進行得如火如荼,不少項目亦已落成,包括啟德跑道公園和香港兒童醫院。

啟德跑道公園(政府新聞處)

香港兒童醫院大樓(殷翔 攝)

單軌
鐵路

不過亦有一些項目仍在興建中或策劃中，包括道路及鐵路工程、社區設施的工程如啟德體育園、都會公園、主題公園「飛躍啟德」等。在鐵路工程方面，不單有港鐵沙田至中環線（沙中線），還有環保連接系統。

全長 **9** 公里

12 個車站

2 卡車廂

能接載 **250** 人

＊環保連接系統

單軌鐵路運作的原理 STEM 小常識

單軌鐵路是鐵路的一種，簡稱「單軌」，只有一軌道供列車行駛。

單軌鐵路一般會在城市人口密集的地方使用，主要是用來運載乘客，單軌轉彎所需要的半徑小，適合起伏變化較多的地形。

單軌鐵路的路軌的會以超高硬度混凝土製造，多以架空方式興建。

單軌鐵路多數以電動機來推進，一般使用輪胎作為車輪，輪胎會在路軌的上面及兩旁轉動，用來推動列車及維持平衡。

單軌鐵路系統所產生的噪音小，符合環保要求，安全可靠。

而且系統使用轉轍器，讓車輛能夠駛進不同的線路，這樣就能夠在同一線路上作雙程行駛，以及能夠採用無人駕駛，由控制室監察及操控鐵路的運作。

（網絡照片）

地方知多點

工業區發展

1 由於「官富場」沿海，香港海水含鹽量亦極高，所以所產的鹽主要為海鹽。當時的鹽產量不單足以供應本地和銷售至中國內地，鹽戶通常會以水陸路運鹽作銷售並多以海運方式將鹽運銷中國內地。

2 觀塘工業區在 1980 年代的生產量佔當時香港工業總產量的 18%，工業區的蓬勃發展為香港經濟帶來不少貢獻，成為香港經濟的一大支柱。

茶果嶺

1 茶果嶺被指是九龍「四山」的一份子，「四山」是指九龍東部四座曾作石礦場的地區，牛頭角、茜（曬）草灣、茶果嶺及鯉魚門，昔日此四個地區都以盛產優質花崗石為名。

2 當時茶果嶺以南的海灣被稱作油塘灣，此一「U」型海灣聚集不少中小型造船廠，專門建造中小型的船隻。

3 現時宏德船廠和中華造船廠雖已搬離油塘灣，並在本港其他地方設立廠房，繼續經營建造船隻和維修船隻的業務，延續香港造船業的歷史。

鯉魚門

1 　萬機陶瓷廠的工人有來自中國內地的技工亦有本地人，女工主要負責曬瓷和上釉填色，他們多為本地人，而男工主要負責燒爐。

2 　鯉魚門被指是九龍「四山」之一，都以盛產優質花崗石為名。

3 　鯉魚門石礦場的一大優勢就是靠近海邊，沿岸已設立不少碼頭方便搬運石材上船並以水路運送石材。

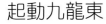
起動九龍東

1 　為能讓日後起動九龍東的計劃作準備，發展局於 2012 年籌組了起動九龍東發展辦事處。該處由不同界別的人士組成，負責推動《起動東九龍》計劃，讓九龍東成功轉型。
　九龍東發展辦事處提倡了多份概念總綱計劃，而計劃都是著重和圍繞四大主題：「連繫」、「品牌」、「設計」和「多元化」。

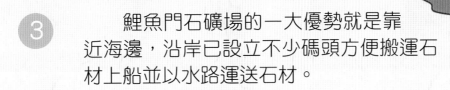

- 連　繫：改善行人環境及交通暢通可達的道路網絡，興建多條天橋、加強行人連接制定交通管理措施、改善後巷環境、推動綠化、和美化景觀和街景
- 品　牌：塑造九龍東為第二個主要商業中心區和在本地及海外推廣這個商業中心區
- 設　計：推展創新和低碳的環保設計概念
- 多元化：觀塘商貿區會提供多樣化的營商與就業機遇、藝術文化及創意用途、以及富活力的公共空間和海濱

＊全文摘自「起動東九龍」網站

2 　觀塘市中心泛指觀塘裕民坊一帶，範圍由觀塘道、 協和街、物華街及康寧道圍繞範圍以及月華街的巴士總站。

地方挑戰站

工業區發展

1. 觀塘的原名「官塘」有什麼意思？
2. 於 1970 年代，觀塘區內有什麼類型的工廠？
3. 哪個時期是觀塘工業區發展的最高峰時期？
4. 現時的觀塘轉型後，會變成怎樣？

答案
1. 官富鹽塘
2. 製衣、電子、塑膠等不同類型的工廠
3. 1970 至 1980 年代中
4. 觀塘商貿區

茶果嶺

1. 對於茶果嶺的命名，坊間流傳的說法都圍繞著什麼食物呢？
2. 什麼類型的工業曾在茶果嶺風光一時？
3. 現今的麗港城前身是什麼呢？
4. 從前的茶果嶺村有著什麼稱號？

答案
1. 茶果
2. 造船業
3. 亞細亞火油公司（蜆殼公司前身）的儲油庫
4.「小澳門」的稱號

鯉魚門

1. 現存的魔鬼山炮台共分為多少個部分？分別是什麼呢？
2. 鯉魚門最具規模的陶瓷工廠是哪間？
3. 鯉魚門創意館前身是什麼？
4. 早期鯉魚門石礦場的石工以什麼方法採石？

答案
1. 三個部分，砵典乍炮台、歌賦炮台和棱堡
2. 萬機陶瓷廠
3. 鯉魚門的海濱學校

4. 以人手採石，用大頭錘及鑿子劃定石材大
   小或鑽機用以鑽鑿石孔來採石

起動九龍東

1. 九龍東現在正面對什麼的問題？
2. 政府希望發展九龍東成什麼類型的城市？
3. 觀塘市中心是泛指哪裡呢？
4. 即將在啟德興建的環保連接系統約長多少公里？

答案
1. 防火設施嚴重不足的舊工業大廈、交通和空氣污染問題
2. 智慧城市
3. 裕民坊一帶
4. 約長 9 公里

大量人材、資金和器材湧入觀塘，跳至11

7　　　　　　8

10　　　　　9

茶果嶺村發生火警，返回19

23　　　　　24

到魔鬼山行山和拍照，停留2次

26　　　　　25

39　　　　　40

42　　　　　41

地方康樂棋
遊戲規則

1. 可以2 - 4人同時進行遊戲。
2. 各玩家選擇一隻棋子，並放在起點上。
3. 遊戲開始前各玩家先擲骰子一次，以點數的大小決定先後次序，點數最大先行，如此類推。
4. 遊戲開始！各玩家按先後次序擲骰子，再按所擲到的點數決定前進的步數。
5. 如棋子停留在有指示的方格中，須按照指示作停留、前進、後退或多擲骰子。
6. 當將抵達終點時，棋子必須擲到與終點距離步數相同的點數。如所擲的點數超過了終點，必須後退相等格數，直至擲到相同為止。
7. 最先抵達終點者為勝。

康樂棋是一種用骰子來決定棋子沿棋盤路徑的前進步數，以最快抵達終點者為勝利的棋盤遊戲，其歷史可追溯至古埃及時代。康樂棋在 1980-1990 年代於香港十分流行，市民都可以在文具店買到。

資料來源

書籍

《官富・莘・印象：「觀塘區新舊時代變遷」專題探究計劃》（香港：香港中華基督教青年會，2011）。

梁炳華：《觀塘風物志》（香港：觀塘區議會，2008）。

董志發：《城中村・茶果嶺：茶果嶺風物誌》（香港：鄰舍輔導會茶果嶺中心，2013）。

《鯉魚門三家村・茶果嶺：時、地、人的探討》（香港：救世軍耆才拓展計劃觀塘中心，2005）。

區志堅、羅永生、胡鈞翔：《觀塘人表述的觀塘故事：不同年代觀塘社群口述歷史計劃》（香港：觀塘區議會屬下觀塘區發展及重建專責小組，2014）。

王賡武：《香港史新編（增訂版）(全二冊)》（香港：三聯書店（香港）有限公司，2017）。

陳國豪、黃柔柔：《線下導賞 屢見仍鮮的香港古蹟》（香港：明報出版社，2019）。

爾東、李健信：《追尋九龍古蹟》（香港：明報出版社，2007）。

高寶怡、姚開麒、黃慧怡：《港產・陶瓷廠—鯉魚門萬機陶瓷廠研究文集》（香港：創意館有限公司，2018）。

網上資源 （瀏覽於 2019 年 7 月 23 日）

觀塘區議會
〈觀塘工業區的活化和發展研究 – 吃喝玩樂在觀塘〉，https://www.kwuntong.org.hk/publications/RD_KT_lnd_District_Study.pdf
〈吃喝玩樂在觀塘 – 觀塘歷史〉，https://www.kwuntong.org.hk/tc/history.html

《號角月報》
〈觀塘專題：歷史悠久 地勢優越〉，http://cchc-herald.org/hk/?page_id=16854

佳能香港有限公司
〈石礦場的過去與現在 鯉魚門三家村攝影遊〉，https://www.canon.com.hk/tc/club/article/itemDetail.do?itemId=10403&page=1

《東方日報》
〈鯉魚門舊日足迹〉，https://orientaldaily.on.cc/cnt/lifestyle/20120224/00294_001.html

華南研究資料中心通訊
〈鯉魚門的歷史、古蹟與傳說〉，http://nansha.schina.ust.hk/Article_DB/sites/default/files/pubs/news-020.03.pdf

灼見名家傳媒有限公司
〈隱沒在鯉魚門的故事〉，https://bit.ly/2Y6Kkx6

九龍社團聯會〈賽馬會鯉魚門創意館 – 簡介〉，https://bit.ly/2ZfJoYJ

《龍週》
〈鯉魚門魔鬼山 炮台的故事〉，https://kowloonpost.hk/2018/02/08/20180207p7/

香港海防博物館〈歷史〉，https://www.lcsd.gov.hk/CE/Museum/Coastal/zh_TW/web/mcd/history.html

《大公報》
〈談魔鬼山上「惡魔蹤跡」〉，http://www.takungpao.com.hk/paper/2017/0314/66391.html

《香港經濟日報》
〈行人路「好走」 改善交通擠塞〉，https://bit.ly/2Op66YE

發展局工務科 起動九龍東辦事處
〈「起動九龍東」措施 進度報告〉，https://www.legco.gov.hk/yr17-18/chinese/panels/dev/papers/dev20180718cb1-1289-2-c.pdf
〈智慧城市 — 九龍東〉，https://www.smartke.hk/hk/keaction.php

《D18》
〈【市區寮屋】走進茶果嶺村〉，https://bit.ly/2xX4UWb

立線新聞
〈茶果嶺大街（上）：賭毒猖獗「小澳門」〉，https://bit.ly/2JloD2h
〈茶果嶺大街（下）：城市中的一片綠林〉，https://bit.ly/2Gq0tYg

《明報》
〈3 寮屋地研發展 茶果嶺先行 涉 7.15 公頃市區地 牛池灣竹園未有時間表〉，https://bit.ly/2y1hFyD

《大學線月刊》〈寮屋下的安樂窩：茶果嶺村〉，http://ubeat.com.cuhk.edu.hk/ubeat_past/060474/village.html#plan

香港舊照片
〈茶果嶺大街上：賭毒猖獗「小澳門」〉，http://oldhkphoto.com/chakwolingstreet/

《香港都市日報》
〈新聞專題 百年茶果嶺 凝聚往日情〉，https://bit.ly/2OdG13n